LA VÉRITÉ

SUR LA GRÈVE DES MINEURS

du bassin houiller de la Loire

SAINT-ÉTIENNE, IMPRIMERIE BENEVENT.

LA VÉRITÉ

SUR LA

GRÈVE DES MINEURS

du Bassin houiller de la Loire

par

ERNEST LE NORDEZ

Rédacteur en chef du journal LA LOIRE

EXTRAIT DES Nᵒˢ DE *LA LOIRE* DES 10, 11, 12, 13, 14, 15 ET 16 JUILLET 1869

« Ce que vous connaissez bon et utile à savoir pour
un chacun, vous ne pouvez le taire en conscience. »
(PAUL-LOUIS COURRIER).

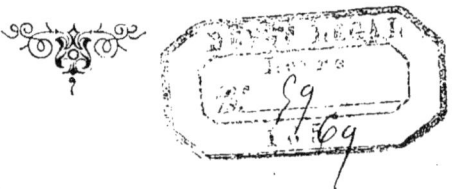

EN VENTE :

CHEZ TOUS LES LIBRAIRES

à l'imprimerie Benevent et aux bureaux du journal *la Loire*.
place Marengo, 5.

1869

LA VÉRITÉ

SUR LA

GRÈVE DES MINEURS

du Bassin houiller de la Loire.

« Ce que vous connaissez utile et bon à savoir pour
un chacun, vous ne pouvez pas le taire en conscience. »

(PAUL-LOUIS COURRIER.)

I

Le jour même où les ouvriers mineurs du
bassin houiller de la Loire *se mettaient...*, ou pour
être plus vrai..., *étaient mis* en grève, nous
fûmes *contraint* de nous constituer prisonnier,
conformément au jugement prononcé contre
nous le 1ᵉʳ mai et à l'invitation qui nous était
faite, sans autre délai, par M. le procureur
impérial.

Certes, si nous avons ressenti une douleur
profonde de notre captivité, c'est lorsque nous
avons compris qu'elle nous mettait dans l'impos-
sibilité de remplir le rôle le plus consolant de
notre mission, celui de *médiateur*.

En prison, que pouvions-nous faire ? *Discuter* les principes des grèves en général ? étudier les particularités de celle des mineurs ? Ce n'est pas dans le moment où les esprits sont agités, où les passions se heurtent, où la rapidité des faits qui se succèdent donne à tous une préoccupation fiévreuse, qu'il est sage, utile et opportun de traiter théoriquement les questions de principes. Au moment de la crise, il faut agir et pour cela il faut vivre au milieu du mouvement, en suivre les phases diverses et s'y mêler pour ainsi dire. Libre, nous l'eussions pu faire ; peut-être nous abusons-nous, mais nous croyons que nos efforts ne seraient pas restés tout-à-fait infructueux.

Ceci suffit pour édifier ceux de nos lecteurs qui se sont étonnés de voir la *Loire* délaisser la mission qui semblait lui incomber tout particulièrement.

Aujourd'hui, que la tempête est, sinon finie, au moins apaisée, notre rôle se réduit à celui d'historien et n'ayant pris aucune part active à la lutte, il se pourrait que, mieux qu'un autre, nous fussions à même d'en retracer fidèlement les péripéties et de juger la part que chacun y a prise.

Peut-être même, en remplissant ce rôle secondaire, pourrons-nous encore aider la solution définitive de cette crise sociale qui laissera dans l'histoire de notre pays de lugubres souvenirs et qui doit y laisser pour les uns comme pour les autres de sérieux enseignements ; il nous semble, en tout cas, que « nous ne pouvons taire en conscience ce que nous connaissons utile et bon à savoir pour un chacun. »

Tout le mérite de l'histoire est dans la vérité et l'impartialité ; dussions-nous, pour observer ces deux lois, froisser les différents partis engagés, nous y resterons fidèle.

LA LOI SUR LES COALITIONS.

La loi sur les coalitions est le premier mot d'une réforme sociale dont nous n'avons pas à tracer ici un programme anticipé, mais qui est destinée à modifier du tout au tout nos idées et nos mœurs économiques. Comme toute loi de transition, elle engendre des crises, dont il ne faut point trop s'étonner, et les grèves qu'elle fait naître ne nous doivent point effrayer jusqu'à paralyser les efforts de ceux qui, en les guidant, sauront les faire servir à la réforme dont nous parlons. La loi qui a légalisé les grèves est une arme puissante : il faut apprendre à s'en servir et non la repousser ; malheureusement, la France n'a point fait pour cela d'apprentissage, et de là viennent les fautes nombreuses des ouvriers comme des patrons, de l'administration comme du public.

C'est toujours le même obstacle : le défaut d'instruction et d'expérience.

En fait de liberté et de son usage, nous sommes novices entre toutes les nations ; cela, d'ailleurs, est naturel : on ne nous a jamais permis de nous y exercer et de nous familiariser avec elle.

Ceux en faveur de qui cette loi a été faite sont les premiers à la violer, et ceux qui l'ont demandée au nom de la liberté ne se font aucun scrupule de la mettre au service de leurs passions despotiques.

LES FAUTES DES OUVRIERS.

Dans la grève des mineurs de la Loire, il y a eu, ne craignons pas de le dire, bien des fautes commises ; aussi ne faut-il point s'étonner des tristes événements qui ont marqué son existence et des difficultés sans nombre qui en ont retardé et en retardent encore la solution.

C'est en vain que les organes de certains partis le nieraient, la cessation de travail, dans le bassin houiller de la Loire, n'est point, à vrai dire, une grève, au moins à son début.

On lui a donné pour *cause* une promesse qu'aurait faite antérieurement, dans un but électoral, aux ouvriers mineurs, M. le préfet de la Loire. Des ouvriers mineurs nous ont à nous-même affirmé le fait comme très exact.

Si cette promesse a été faite, une bien grave responsabilité pèserait aujourd'hui sur ce fonctionnaire. Mais c'est une assertion qui peut être contestée, et, tout en regrettant qu'une dénégation ou une explication ne soient point venues fixer l'opinion publique sur la créance qu'il convenait de lui donner, nous croyons ne pas devoir nous y arrêter et en venir aux faits.

Le 11 juin, avant le jour, des bandes visitèrent les différentes mines du bassin, firent par la violence arrêter les travaux, menaçant de couper les câbles si on ne faisait remonter les ouvriers. Obéis, ils *entraînèrent* ceux-ci, employant envers eux, au besoin, les menaces et les assurant que déjà tous les puits avaient cessé de travailler, que tous les ouvriers, leurs compagnons, étaient en grève.

Ces bandes continuèrent leurs courses pendant deux jours, répétant partout la même version, proférant les mêmes menaces, commettant les mêmes violences.

Voilà comment les 14 ou 15,000 ouvriers mineurs de notre bassin *ont été mis* en grève.

Qui osera prétendre que cette grève se soit légalement constituée ? Que les ouvriers l'ont faite volontairement, de leur propre mouvement ? Demandez-leur à tous s'ils avaient, ainsi que la justice, le bon sens, la loi et leurs intérêts le réclamaient, prévenu les patrons ? s'ils leur avaient posé les conditions nouvelles dans lesquelles ils désiraient travailler à l'avenir ? s'ils avaient donné aux directeurs un délai pour étudier leurs propositions et y répondre ? c'est là cependant le point de départ ordinaire de toute grève sérieuse, c'en est aussi la base et la garantie.

Les ouvriers n'ont rien fait de tout cela , *leur cessation de travail* ne saurait donc être regardée comme une grève.

Ont-ils cessé VOLONTAIREMENT , LIBREMENT *leurs travaux ?* Non.

Ils étaient descendus dans leurs mines, on les a fait remonter, et leurs patrons, pour se soustraire aux violences des meneurs, les y ont eux-mêmes engagés ; on les a d'abord poussés à ne plus travailler ; à l'égard de ceux qui résistaient, on a usé de menaces, de promesses mensongères, on les a séduits et trompés.

Nous pouvons donc dire que nos mineurs ne se sont pas *volontairement* mis en grève , qu'ils ont cédé moitié dans la confiante espérance que les magnifiques choses qu'on leur promettait leur seraient accordées, moitié par crainte et pour se soustraire aux violences des bandes.

LES OUVRIERS ONT OBÉI A DES MENEURS, ILS SE SONT LAISSÉS ENTRAINER PAR UNE POIGNÉE D'AVENTURIERS. Voilà le fait.

Les mineurs connaissaient-ils ceux qui les ont mis en grève ? Non !

Les meneurs étaient-ils de leurs camarades ? Non !

Les premiers incitateurs n'étaient ni des mineurs, ni du pays; personne ne les connait; ni leur mise, ni leurs manières, ni leur langage n'indiquaient des ouvriers mineurs. Qu'étaient-ils ? nous le dirons plus tard; ce qui est certain, c'est que pas un de ces malheureux pères de famille qui, depuis un mois, ne travaillent pas, voient leurs enfants sans pain et la misère envahir leur ménage, que pas un de ces ouvriers honnêtes et courageux qui, après une vie honorable et intègre, en sont aujourd'hui réduits à mendier, que pas un d'entre eux, disons-nous, ne s'est volontairement mis dans cette déplorable situation, que pas un d'entre eux ne sait d'où est parti le mot d'ordre ni qui l'a donné.

Mais ce qu'ils savent tous, c'est qu'on leur avait promis monts et merveilles, c'est qu'on leur avait donné l'assurance de salaires énormes, de subventions assurées, et qu'ils n'ont rien de tout cela, qu'ils souffrent et qu'ils se compromettent.

Oui, nos mineurs ont été trompés, égarés, trahis ! il faut les plaindre, mais non les accuser. D'autres qu'eux sont coupables.

DES RÉSULTATS DE LA GRÈVE.

Un illustre économiste, étudiant les grèves, comparait ces luttes industrielles au duel japonais, où chacun des deux adversaires se donne la mort de sa propre main.

Ceci est vrai de toute grève, à plus forte raison d'une grève faite sans entente préalable, sans ordre, sans intelligence et en dehors de la légalité.

Lors même qu'on regarde les grèves comme l'exercice d'un droit, lorsque, sérieusement constituées, elles ne cessent d'être la revendication calme et sans violence de ce que l'ouvrier libre croit la juste rémunération de son travail, on ne saurait les considérer que comme un *moyen* terrible dont il ne faut se décider à faire usage qu'autant que les sacrifices énormes que les grèves imposent, *doivent et peuvent* produire des résultats assez réels', assez certains, pour les compenser, qu'autant que les avantages en balancent les désavantages; sans cela, bien loin d'améliorer le sort de l'ouvrier, elles l'aggravent.

Que nos ouvriers mineurs réfléchissent un instant aux pertes immenses que leur grève a fait subir à toute l'industrie de notre région; qu'ils pensent au temps qu'il faudra pour réparer ces pertes et qu'ils se demandent qui en pâtira en réalité. Sans doute, les capitalistes, les usiniers, les chefs d'exploitation en ressentiront longtemps les désastreux effets; mais qui ne comprend que les pertes que subit l'exploitant rejaillissent nécessairement sur les salaires de l'ouvrier? Tout accroissement des revenus d'une affaire entraîne un accroissement de bien-être pour tous ceux qui y concourent, toute diminution du rapport d'une affaire entraîne une diminution dans la part qui en revient à chacun. Ce sont là des principes économiques immuables.

Si, au lieu de commencer leur grève par des violences, par des illégalités, les mineurs avaient exposé leur situation aux directeurs, s'ils eussent discuté avec ceux-ci le plus ou moins de fondement ou d'exagération de leurs demandes, il est possible, il est même probable — nous ne recherchons pas toutefois dans quelle mesure —

qu'on leur eût donné satisfaction en plus d'un point. Mais n'est-il pas évident qu'aujourd'hui les pertes que ce mois d'arrêt de travail a fait subir aux exploitations houillères ont changé la situation, qu'elles ont rendu et rendront de plus en plus minimes les concessions à faire?

Ce n'est pas tout, et les conditions aussi illégales qu'irrationnelles de cette grève n'ont pas peu servi à la rendre, au point de vue du but qu'elle avait la prétention d'atteindre, aussi infructueuse et aussi négative que possible.

Que nos ouvriers disent tout ce que ce mois de chômage leur a apporté de souffrances et de maux; qu'ils se rendent compte du temps qu'il leur faudra pour guérir tant de plaies! Combien sera longue la convalescence de cette crise! Que d'économies, péniblement amassées, tout-à-coup dissipées! Que de ménages dont le fardeau écrasant des dettes n'avait jamais chassé la joie et qui vont le sentir maintenant peser sur leurs épaules!

N'avons-nous pas vu, n'avons-nous pas entendu nous-même, dans la prison, de nombreuses mères venir en sanglots demander, aux pères arrêtés pour atteinte à la liberté du travail, du pain pour leurs nombreux enfants! N'avons-nous pas entendu la voix déchirante de ceux-ci joindre leurs supplications à celles de la mère!

N'avons-nous pas entendu ces pauvres prisonniers, l'œil froid mais le cœur brisé, répondre
qu'ils n'avaient à donner ni pain ni argent! Ne
les avons-nous pas vus, serrant dans leurs
mains crispées les grilles de leur prison, mau-
dire et accuser de leurs maux ceux à la voix
desquels ils avaient cédé! Ah! que nous eussions voulu que ce spectacle navrant, chaque
jour renouvelé pour nous depuis un mois, eût
eu pour témoins ces *meneurs* qui, dans le but de
satisfaire leurs passions cupides, *exploitent* nos
classes ouvrières, qui poussent aux grèves, non
pour améliorer le sort de l'ouvrier, mais pour
en faire l'instrument de leurs *complots,* qui, sans
se soucier autrement du but qu'une grève doit
poursuivre pour être légale et raisonnable, n'ont
eu d'autre soin, après l'avoir fait naître, que de
la prolonger le plus longtemps possible!

Lorsque l'on est citoyen d'une grande nation,
on a certains devoirs sacrés de patriotisme qu'il
ne faut jamais trahir. Eh bien! que nos ouvriers
ne l'oublient pas : ils sont aujourd'hui les com-
plices d'une atteinte portée aux intérêts français.

Il y a deux ans, un député indépendant citait,
à la Chambre, un fait bien instructif, à propos
de la grève des chapeliers de Paris. Leurs *frères*
de Londres leur envoyèrent, pour soutenir leur

grève, une somme de 30,000 fr.; on applaudit
fort à cette générosité fraternelle, et l'enthou-
siasme des grévistes fut au comble.

Cet excès d'admiration se calma bientôt, lorsqu'on apprit avec certitude qu'en prolongeant la
grève des chapeliers français, les Anglais avaient
trouvé un moyen tout simple de faire passer,
dans le commerce de notre pays, pour huit ou
dix fois le montant de leur *don fraternel*, en cha-
pellerie anglaise. La générosité des ouvriers
anglais était assez largement récompensée, on le
voit.

La même chose s'est-elle reproduite dans la
grève de nos ouvriers mineurs?... Nous ignorons
si des *frères* étrangers ont envoyé des fonds pour
soutenir cette grève, bien que nous ayons de
sérieuses raisons de croire que les *meneurs et
leurs affiliés* aient des caisses où ils puisent assez
abondamment; mais, ce qui est certain, c'est
que, grâce à la grève des mineurs, les houilles
anglaises et belges ont trouvé en France un écoulement facile et lucratif.

Et si cette considération nationale restait, pour
quelques-uns, sans valeur, qu'ils se souviennent
que toute atteinte portée à la fortune publique,
à l'industrie française, au commerce du pays,
rejaillit toujours jusqu'à l'ouvrier. Le traité de
commerce est là pour le prouver.

Telles ont été les conséquences de la grève des mineurs, et nous passons ici sous silence le drame sanglant qui en perpétuera le souvenir.

Plus la grève se prolongera, plus ses résultats seront négatifs et nuisibles pour tous, plus les maux qu'elle a amenés seront difficiles à réparer.

II.

LES MENEURS ONT TENU A PROLONGER LA GRÈVE. — POURQUOI?

Le devoir de tout honnête homme c'est d'empêcher le mal dans la mesure de son pouvoir.

Le devoir d'un bon citoyen c'est d'apporter, dans la mesure de ses moyens, un prompt remède aux crises sociales.

La grève, avons-nous dit, n'est qu'un moyen, un moyen terrible, une crise dont l'issue devient de plus en plus mauvaise et les résultats de moins en moins réels à mesure qu'elle se prolonge.

Lors donc qu'une grève se déclare, la première chose à faire c'est de rechercher les moyens les plus propres à en hâter et à en faciliter l'issue.

Une grève légale se réduit, après tout, à une discussion entre les patrons et les ouvriers; le seul moyen d'arriver à un prompt résultat, c'est donc de mettre les parties en présence, de leur laisser pleine liberté de débattre ensemble leurs intérêts et de clore leur discussion par un contrat réglant le différend. Il est clair que si cette discussion ne peut s'établir, l'entente sera indéfiniment retardée.

Il ne peut être question de mettre les directeurs de mines et les 14 ou 15,000 ouvriers qu'ils emploient en présence les uns des autres, le fait est matériellement impossible ; il s'agit donc de procéder par voie de délégation.

Les ouvriers de chaque groupe de mines auraient dû se réunir, nommer un certain nombre d'entre eux chargés de défendre leurs intérêts ; ces délégués de divers groupes se seraient réunis en un seul comité, auraient précisé leurs demandes et les auraient ensuite discutées avec les patrons.

C'est ainsi que l'on procède dans toutes les grèves; c'est ainsi que les grèves célèbres de l'Angleterre se sont résolues.

Pour n'en citer qu'une, nous rappellerons celle des charpentiers de Wolverhampton en 1864 :

« Six maîtres et six ouvriers délégués, dit un auteur qui en fait le récit, se réunirent. Après de vives discussions où chacun put entendre la partie adverse, ils finirent par s'accorder si bien sur toutes les questions en litige, que le président n'eut pas à voter une seule fois ; » et à propos de la fameuse grève des bonnetiers de Nottingham, le même auteur dit : « On se réunit, on se regarda d'abord avec défiance, comme les parlementaires de deux armées ennemies ; puis on s'adoucit ; en discutant on finit par se comprendre *et au bout de trois jours* les bases du nouveau système étaient arrêtées. »

Mais on comprend que pour atteindre ces résultats et pour qu'ils puissent amener la cessation d'une grève, il est de toute nécessité que les *délégués* soient vraiment les délégués de ceux au nom de qui ils traitent ; il faut qu'ils soient reconnus, acceptés, et que leurs pouvoirs leur aient été conférés, non pas par une minorité de leurs compagnons, mais par la majorité des grévistes. Sans cela, ce qui est arrêté par eux n'est point accepté comme définitif par les autres ; il se forme alors plusieurs comités qui, tous se prétendent reconnus et acceptés et ne le sont en réalité aucun. Dans cet état, il est impossible aux patrons de discuter et de rien arrêter, il faut alors rester dans l'expectative et attendre une solution de la lassitude de l'une des parties.

C'est ce qui est arrivé à Saint-Etienne. Pendant quinze jours, la guerre s'est déclarée entre les ouvriers eux-mêmes ; pendant que le *Mémorial* insérait l'ultimatum d'un comité d'ouvriers, l'*Eclaireur* protestait contre ces « *faux délégués* » et imprimait le « *dernier mot* » d'un autre comité s'intitulant le *seul vrai* et beaucoup plus *absolu* que le premier, il faut le reconnaître (1).

On se demande comment il se fait qu'avant tout, les ouvriers mineurs n'aient pas songé à se réunir et à constituer un comité de délégués, formé des élus des différents groupes de mines. Cela paraît, il est vrai, anormal et inexplicable, si l'on oublie le début de la grève ; mais, pour qui en a reconnu le caractère particulier et l'origine illégale, la chose est bientôt expliquée.

(1) Depuis le jour où l'article qui contenait ces lignes a paru, nous avons pu éclaircir le fait qu'il mentionne.

Les délégués nommés d'abord ont été maintenus et eux seuls sont encore reconnus par la très grande majorité des mineurs. Eux-mêmes nous ont déclaré que « le comité de délégués mis en avant, et poussé par l'*Eclaireur*, n'a été nommé qu'à l'instigation du parti démocratique qui cherchait à mettre la division parmi les mineurs et à retarder l'issue de la grève. » Ils ont ajouté que « les *treize* membres de ce comité n'avaient été nommés que par l'infime minorité de 250 mineurs qu'il serait plus juste d'appeler 250 meneurs; » on nous a même cité certains noms que nous nous abstenons de publier ici.

Il en résulte donc que ce comité, que l'*Eclaireur* appelait le *seul vrai*, n'a été formé que par les meneurs de la grève qui, par les conditions inacceptables qu'ils posaient, ont éloigné les patrons de toute idée de conciliation possible et ont ainsi prolongé la grève qu'eux-mêmes avaient commencée.

Que l'on n'oublie pas que cette rectification nous a été demandée et dictée par le seul *comité des délégués* aujourd'hui reconnu.

Ce fait est plein d'enseignements et il vient confirmer notre opinion sur l'origine et la nature de la grève.

Nous l'avons dit : les meneurs n'ont pas fait la grève pour arriver à une augmentation de salaires. Il fallait, pour arracher les ouvriers à leurs travaux et les transformer en émeutiers, un prétexte tant pour les ouvriers eux-mêmes que pour le public : l'augmentation de salaire en a servi ; mais la grève ayant, quoi qu'on en ait pu dire, un caractère politique et nullement économique, lorsqu'elle a été un fait accompli, ceux à l'instigation de qui elle s'était constituée ont eu grand soin de tout faire pour la prolonger le plus possible et pour empêcher toute mesure de nature à en hâter la solution.

Pour ces meneurs qui avaient été assez puissants pour arracher à leur travail treize mille hommes, il eût été certainement bien facile d'organiser des réunions sérieuses pour l'élection des délégués, mais cela ne faisait pas leur affaire ; à ces réunions, ils se sont opposés, et lorsqu'il s'en est formé malgré eux ou en dehors d'eux, leurs *émissaires* ont su si bien manœuvrer que l'on n'y a nommé aucun délégué, que la seule résolution qu'on y ait prise est « d'*exiger tout ou rien.* »

Est-ce ainsi que des hommes véritablement amis de nos travailleurs les pousseraient à agir? Non? Ils savent comme nous que l'union fait la force et la division la faiblesse; ils savent qu'en

semant la haine et l'hostilité entre les patrons
et les ouvriers ils ne nuisent pas moins aux se-
conds qu'aux premiers, ils savent qu'ils ruinent
l'industrie nationale, qu'ils appauvrissent la
classe ouvrière. Mais n'est-ce pas ce qu'ils
veulent ? N'est-ce pas ce qui *fait leur affaire ?*

Quand l'industrie languit, la crise politique
point à l'horizon; quand l'ouvrier a faim, l'é-
meute lui apparaît comme un moyen puissant
de sortir de la misère, et la barricade est sa
planche de salut.

Que l'on ne cherche pas ailleurs l'explication
de l'agitation *déréglée* de certains corps d'état;
les meneurs de la grève de Saint-Etienne ne sont
que des *chauffeurs* chargés d'allumer ici la révolution dans laquelle ils espèrent trouver satisfaction à leurs passions subversives.

Ils font de nos ouvriers des instruments propres à les servir dans cette entreprise; victimes
destinées à l'assaut, plastrons qui recevront les
balles pendant qu'abrités derrière eux, les meneurs ne se montreront qu'au moment où le
danger sera passé.

Où sont-ils aujourd'hui ces meneurs si ardents
au début? Parmi les nombreux prisonniers que
leur imprudente confiance a rendus coupables
et responsables devant la justice, y a-t-il un
seul d'entre eux? Etaient-ils à la Ricamarie?

Non, n'ayez garde qu'ils s'aventurent et qu'ils
s'exposent; ils attisent le feu; ils l'allument et
puis laissent les autres s'y brûler maladroite-
ment.

Oui, voilà bien l'œuvre de ces *amis du peuple*,
de ces *protecteurs des ouvriers*, de ces *apôtres du
travail* ; arrière traitres! lâches, quittez vos
masques!

Après avoir tout fait pour *mettre 15,000 ouvriers
en grève*, les meneurs n'ont rien fait pour en
hâter et faciliter l'issue; voilà le fait incontesta-
ble. Ceci ne dit-il pas assez qu'en fomentant,
qu'en organisant, qu'en *imposant* cette grève,
les *inconnus* auxquels nos mineurs ont obéi avec
tant de faiblesse ont eu un tout autre but que
d'être utiles aux ouvriers ?

Retournez à vos travaux, ouvriers honnêtes!
Victimes de gens qui vous ont trompés, maintenant que le doute n'est plus possible, tâchez de
réparer au plus tôt les désastres de la crise que
vous venez de traverser. Jusqu'ici, vous avez
agi sous l'influence de l'erreur; être trompé, ce
n'est pas un crime, on ne devient coupable que
lorsqu'on persévère dans une mauvaise voie
avec connaissance de cause! Sur votre chemin
peut-être trouverez-vous vos premiers *entrai-
neurs* ou quelques-uns de vos compagnons séduits et *payés* par eux, qui voudront vous ef-

frayer et vous empêcher, par des menaces et des violences, de reprendre vos travaux. Reculer devant eux, ce serait une lâcheté, et lorsqu'on a le courage d'affronter les dangers de votre vie souterraine, lorsque l'on est Français et honnête, il n'est pas possible que l'on soit lâche! Songez aux souffrances du mois passé; comparez avec elles les résultats nuls de votre grève; pères de famille, songez à vos femmes, à vos enfants; fils, songez à vos vieilles mères, à vos vieux pères que le travail a fatigués; songez qu'il faut vivre, vivre honnêtes, et ne balancez pas entre la voix du devoir et les violences de quelques hommes méprisables qui ne veulent certainement ni votre bien, ni pour la France la paix dont elle a besoin.

III

LES FAUTES DE L'ADMINISTRATION.

Dès le matin du jour où cette conspiration (dont les ouvriers, bien plus que les patrons, devaient être les victimes) éclata, plusieurs des directeurs, comprenant tout ce que cette coalition avait d'inaccoutumé, d'illégal et d'inquiétant, se rendirent auprès de M. le Préfet de la Loire, pour l'informer des faits et lui demander, tant dans leur intérêt que dans celui des ouvriers, de faire respecter la liberté du travail.

On a dit et l'on répète que M. le Préfet pensa que la *chose ne le regardait pas.*

La réponse a-t-elle été faite?

Nous en voulons douter, mais nous ne saurions nier que la conduite de M. le Préfet, au début de la grève, équivaut aux paroles qu'on lui prête.

Comme repLésentant du gouvernement dans notre département, il pouvait, sans être taxé d'exagération, voir dans cette *coalition fomentée* par quelques meneurs, un côté politique; les événements qui, à ce moment se passaient à Paris justifiaient, d'ailleurs, cette pensée. A ce point de vue, la position réclamait de promptes mesures; il devait songer, avant tout, à empêcher par tous les moyens les bandes de continuer leur promenade, leurs menaces, leurs violences. Il fallait, avec le concours des autorités militaires faire cerner ces bandes peu nombreuses encore et au début de leurs courses dans les exploitations; il fallait faire, entre les individus formant ces bandes, un triage facile du reste, en s'assurant de ceux qui ne s'y étaient joints qu'après avoir été contraints de quitter leurs mines sur la demande des autres.

On fût certainement arrivé ainsi à se saisir des véritables meneurs, d'une partie au moins d'entre eux. Si cette mesure, prise énergiquement au début, n'avait pas entièrement arrêté le mouvement, elle l'eût au moins paralysé quelque peu et il eût suffi de poster, aux exploitations non encore visitées par les meneurs, quelques détachements de troupes pour l'abattre tout à fait ensuite.

L'absence de ces précautions, dès le début, a laissé toute facilité aux bandes de terminer leur œuvre; quand enfin on a songé à la gravité de la situation, le mal était complet, toutes les exploitations avaient cessé leurs travaux.

De plus, encouragés par l'apathie qu'on opposait à leurs violences, quelques mutins, pour *entraîner* les autres, ont voulu s'opposer à l'épuisement des eaux, sans s'inquiéter que c'eût été la ruine des exploitations et qu'elle jetait dans la misère 14 ou 15,000 ouvriers; ce qui prouve encore combien les meneurs de cette grève avaient peu de souci de l'intérêt même des ouvriers.

Puis on a brisé les soupapes des chaudières, arrêté les feux, et ce n'est qu'alors que l'administration a pensé à protéger contre ces violences les patrons et les propriétés.

ON N'A PAS SU MAINTENIR L'ORDRE.

Mais si l'on n'a pas pris les mesures de répression — que la gravité de la situation commandait et que la prudence conseillait, soit que l'on considérât cette coalition comme un mouvement politique, ou qu'on n'y voulût voir que des illégalités portant atteinte à la liberté du travail et à la propriété, — a-t-on au moins su prendre celles que réclamait le maintien de l'ordre? Moins encore peut-être.

C'est à regret que nous faisons ces critiques, mais la vérité nous en fait un devoir.

Ces mesures d'ordre étaient de diverse nature. Il fallait, avant tout, empêcher les attrou-
pements, faire garder le voisinage des puits; on
n'y a songé qu'au bout de trois jours.

Pour cela, la police ne pouvait rendre que très
peu de services; la troupe de ligne n'y était pas,
non plus, très-propre, vu les conditions dans
lesquelles cette surveillance devait se faire.

Les puits sont disséminés sur un espace immense, tantôt sur le sommet d'une montagne,
tantôt dans un bas-fond ou sur le penchant d'une
colline; leur garde exigeait un grand nombre de
soldats.

Avec de la cavalerie, au contraire, rien n'eût
été plus facile que d'organiser cette surveillance.

En cas de conflit, et malheureusement il s'en
est produit un bien regrettable, il faut que la
troupe de ligne se défende avec la baïonnette, la
balle va chercher au loin sa victime, peut atteindre un innocent, et elle tue et blesse lorsqu'il
suffirait d'effrayer et de maintenir en respect.

Ces collisions, où presque toujours il y a des
morts et des blessés, ne sont certainement pas
plus propres à calmer dans ces moments d'effervescence les passions populaires qu'à refouler
l'émeute; la vue du sang est comme la poudre,
elle enivre, elle affole, et les habitants de Saint-

Etienne se souviendront longtemps de la tempête qui, le soir de l'affaire de la Ricamarie, grondait sourde et menaçante.

On a fait planer sur les militaires qui ont tiré les plus injustes accusations, on s'est servi envers eux des épithètes les plus outrageantes; on a dit qu'ils avaient *assassiné*, *massacré* des innocents, que parmi les victimes, plusieurs étaient occupées à travailler dans les champs, etc.

Avec de la cavalerie, la collision n'avait pas lieu parce que là où cinq cavaliers suffisent pour dissiper une bande, cent fantassins se verront forcés pour se défendre contre elle, d'employer au moins la baïonnette et de poursuivre un adversaire, aussi vite revenu à l'assaut que chassé.

Qu'un individu soit blessé par les pieds des chevaux, la foule dit : Pourquoi s'y est-il jeté ? et ne songe pas à accuser les cavaliers.

Du reste, l'expérience n'est plus à faire, même à Saint-Etienne dans la grève des mineurs, et les Stéphanois qui se souviennent de 1848 se plaisent encore à raconter comment le colonel de Gramont sut, à la tête de quelques centaines de hussards, rétablir et maintenir l'ordre sans qu'aucun sang fût versé.

A Paris, dernièrement, comment l'émeute a-t-elle été maintenue et dissipée sans qu'un coup de feu ait été tiré? par la cavalerie.

Sans doute, et nous tenons à le reconnaître, il n'était pas au pouvoir de M. le préfet de la Loire d'employer la cavalerie, puisqu'il n'y en a point de dépôt à Saint-Etienne. M. le préfet en a-t-il demandé à qui de droit aussitôt que le caractère de la grève s'est assez accentué pour en rendre l'utilité évidente ? Nous voulons le croire.

Ce que nous savons, c'est que M. le Maire de St-Etienne, dont la conduite dans toute cette affaire a été au-dessus de tout éloge, avait, dès le début, parfaitement compris combien il était urgent d'avoir quatre ou cinq cents hommes de cavalerie. Il avait, avec autant de promptitude que d'habileté, improvisé une caserne, des écuries et il n'a cessé de réclamer de l'autorité militaire le prompt envoi d'une ou deux compagnies de dragons.

Quelles raisons ont fait résister M. le général comte de Palikao à des instances aussi fondées et si longtemps réitérées ? Quelles que soient ces raisons, elles ne sauraient justifier le refus persistant que n'a cessé d'opposer le commandant général de la division militaire de Lyon. Etait-ce apathie ? Etait-ce ignorance du danger ? Conviction, non fondée d'ailleurs, de l'inutilité des secours réclamés à Saint-Etienne ? Ou bien n'était-ce que le parti-pris d'un esprit absolu, résolu à ne pas céder ? Il ne nous appartient pas de ré-

soudre ces questions, mais on ne saurait nier
que dans le lot de responsabilité qui incombe à
l'administration pour ces événements regrettables, M. le comte de Palikao n'ait assumé la
part la plus lourde.

En fait, on n'a *cédé* que quand le mal a été fait,
que quand le sang a eu coulé!

Nous n'avons rien de plus à dire sur ce point.
Tout commentaire serait superflu.

DES MESURES ADMINISTRATIVES QU'IL FALLAIT PRENDRE.

Mais M. le Préfet n'avait-il rien autre chose à
faire encore?

Oui, sans doute.

Nous voulons bien reconnaitre toute la difficulté de la situation où il s'est trouvé, nous com-
prenons que, pour faire face à tout, un préfet
ait, dans une circonstance aussi grave, des en-
nuis sans nombre, des inquiétudes qui paraly-
sent un instant ses moyens d'action, mais quand
on a été jugé capable de représenter le gouvernement dans un département comme le nôtre,
on doit sentir sa force et son habileté grandir en
raison directe des difficultés et du danger.

Si M. le Préfet a répondu que la grève ne le
regardait pas, il avait raison, en général; mais

une grève comme celle-ci le regardait beaucoup. Son rôle cependant était simple : Ramener cette quasi-émeute dans les limites d'une grève légale, voilà tout ce qu'il avait à faire.

Rétablir et maintenir l'ordre, c'était la première mesure à prendre, l'administration ne l'a pas fait avec intelligence.

Il fallait ensuite faire afficher partout le texte de la loi sur les coalitions, dont la plupart des ouvriers ignorent les termes et les clauses.

Quelques mots de commentaires sous forme de circulaire préfectorale, eussent aussi été utiles.

Des délégués eussent bientôt été nommés. La loi connue des intéressés, l'ordre rétabli, la répression la plus sévère appliquée aux délinquants, la grève devenait une véritable grève ; les délégués formulaient des demandes ; les patrons, bien que fort justement froissés et irrités des violences et des illégalités dont ils avaient eu, pendant de longs jours et de *terribles nuits*, à souffrir en maints endroits, discutaient sérieusement les demandes des ouvriers, faisaient des concessions aussi larges que les conditions de leur exploitation le pouvaient permettre et tout s'arrangeait avec calme, sans bruit, sans conflit, sans effusion de sang. Au contraire, après un mois de chômage qui a jeté les ouvriers dans

3

la misère, qui les a accablés de dettes que longtemps ils sentiront peser sur eux, qui, en faisant
perdre aux exploitations les produits et les revenus de tout un mois, en amenant, dans plus
d'un point, des avaries dont les réparations seront longues et coûteuses, rend plus difficiles
pour eux de donner à leurs ouvriers l'augmentation de salaires qu'ils eussent accordés au
début, après un mois de chômage, disons-nous,
où personne n'a rien gagné, où tout le monde
a perdu, un résultat définitif n'est pas encore
obtenu.

CONFLIT DE LA RICAMARIE.

Mais il n'y a pas que les ouvriers et l'administration qui, par des fautes que nous voulons
bien attribuer à l'erreur et à l'impuissance,
aient ainsi concouru à aggraver cette difficile
situation.

La première partie de cette grève s'est terminée par le *conflit de la Ricamarie*. Pour terrible
qu'il ait été, pour regrettable que nous le tenions,
il faut bien reconnaître qu'il a changé brusque-
ment l'état des choses, et que ce champ, aujour-
d'hui appelé *Champ des Morts*, a été comme le
berceau de la période d'apaisement de la grève.

Nous ne saurions passer sous silence cet important événement; il est regrettable, mais il est instructif.

Recherchons-en donc avec loyauté les causes et les véritables auteurs responsables.

IV

IL Y A DÉMOCRATIE ET DÉMOCRATIE.

« A force de voir le geai se parer des plumes du paon, on finit par les croire tous les deux de même race, » disait finement un satirique moderne, à propos de ces enrichis de mauvais aloi qui se faufilent parmi les honnêtes gens à l'aide d'un nom d'emprunt ou d'un titre acheté.

Nous en pourrions dire autant des hommes d'un certain parti qui, en se couvrant du titre de *démocrates* sans avoir aucun des éléments qu'il suppose, s'en servent comme d'un laisser-passer auprès de la confiance du peuple. Parant leur despotisme du manteau de la liberté, ils finissent par s'imposer à l'ignorance des masses et par se faire croire *libéraux* quand ils ne sont rien moins que cela.

En réalité, il y a, entre ces *démocrates* et les *vrais libéraux* toute la distance qui sépare l'affirmation de la négation.

Leur origine, d'ailleurs, n'a rien de commun, et, si l'on y remonte, on sera vite convaincu qu'ils ne sont pas de même race.

Peu de gens se rendent bien compte de la différence qui existe entre 89 et 93.

En 89, il s'accomplit une révolution sublime, non contre un gouvernement despote, par un peuple révolté et au moyen de l'émeute, non contre un peuple, par un prince audacieux et au moyen d'un coup d'État, mais par un peuple calme et réfléchi, et au moyen de l'expression libre de la pensée nationale répondant à l'appel spontané de son roi. Ce fut la naissance de la liberté.

En 93, il s'accomplit une révolution terrible où quelques factieux, au moyen de la terreur, renversèrent un trône, guillotinèrent un roi, tranchèrent les têtes qui ne se courbaient pas devant leur *autocratie*, violèrent la liberté de conscience, la propriété, etc., et fondèrent sur les ruines du passé et dans le sang de la France un gouvernement assez despote pour faire regarder comme un sauveur et un libérateur le gouvernement absolu de Napoléon Ier.

La démocratie de 89 a pour principe fondamental « le respect des droits de tous. »

La démocratie de 93 pourrait se définir « le despotisme de plusieurs. »

Entre ces deux partis, il y a une lutte acharnée, et pour bien connaître l'esprit de la démocratie de 93, qui s'intitule *radicale*, il suffit de se rappeler ce qu'elle fût aux heures de son triomphe. La tyrannie de la Terreur, l'arbitraire des hommes de 1830 et l'absolutisme des hommes de 1848 suffisent pour nous convaincre que ces démocrates, bien loin de travailler pour la liberté, s'en sont toujours montrés les ennemis.

Gouverner, dans l'acceptation anti-libérale du mot, tel est le but de ce parti; il pense, avec son chef Chamfort, que « la nation est un grand troupeau qu'avec de bons chiens les bergers mènent à leur gré »; la *révolution*, c'est-à-dire la destruction, la violence, l'émeute, telle est la base de son pouvoir; *exploiter les passions populaires*, tel est le moyen dont il se sert pour arriver à son but.

Quand le parti libéral voit la garantie du progrès social dans la paix, dans l'union, dans l'ordre, dans la *fraternité* entre tous les citoyens, le parti dit « démocratique » prétend arriver à ce progrès par l'anarchie, par la *désunion*, par le désordre, par la haine.

Les malheurs dont la France est la victime disent assez ce que veut ce parti et ce qu'on peut en attendre.....

Le parti libéral a détruit les priviléges et les castes, le parti dit *démocratique* les a ressuscités afin de semer l'irritation et la divison, espérant ainsi *régner*.

Ce parti joue dans nos crises sociales un rôle trop important pour qu'il ne soit point opportun de rechercher quelle part d'action et quelle part de responsabilité lui revient dans les grèves en général, et dans celle de nos mineurs en particulier.

LES GRÈVES FONT L'AFFAIRE DES RÉVOLUTIONNAIRES.

En se déclarant *radicaux* et *irréconciliables*, les hommes du parti qu'il faut se résoudre à appeler, par un contre sens évident, la *démocratie moderne*, reconnaissent que leur but est la *révolution*. Comme en 93, comme en 1830, comme en 1848, ils veulent *renverser ;* y réussiront-ils ? L'apathie de certaines classes de la société lui rendent facile ce triomphe, mais sans être prophète, on peut prédire que leur triomphe n'amènera rien de favorable à la liberté. « L'anarchie, a dit fort justement Napoléon Ier, conduit inévitablement au gouvernement absolu. »

Laissant de côté les résultats, recherchons les moyens par lesquels ces démocrates arrivent à leur but.

Pour l'atteindre, la première chose à faire c'est de surexciter les passions populaires, d'irriter la classe qui souffre, de représenter , dans

des phrases pompeuses, le peuple exploité par
les riches, l'ouvrier enrichissant de ses sueurs
patrons et capitalistes ; de montrer d'un côté
les plaisirs exclusivement réservés aux uns, les
souffrances et les larmes comme l'unique par-
tage des autres. On ne va pas jusqu'à dire :
« La propriété est le vol, » mais on l'insinue ha-
bilement. Alors les cerveaux s'échauffent, la
haine et la colère s'emparent des esprits, la
grève apparaît comme un moyen puissant de
réformer les *injustices sociales*, et comme la loi
sur les coalitions ne donne que la *liberté*, tandis
que la *licence* seule fait l'affaire des *meneurs*, on
irrite encore, on allume l'incendie et si, par un
complot bien organisé, on réussit à soulever ces
mouvements dans plusieurs grands centres ouvriers à la fois, il n'y a plus qu'un mot d'ordre
à donner ; la crise sociale devient une crise
politique, la grève une révolution, et les fils
de 93, *irréconciliables* d'aujourd'hui, triomphent
jusqu'au jour où l'absolutisme de plusieurs, las-
sant la nation, lui fait regarder comme un bien
l'absolutisme d'un seul.

Voilà comment les grèves font l'affaire de la
démocratie qu'il conviendrait d'appeler une *co-
terie d'autocrates*.

Qui y perd ? La liberté d'abord et la classe
ouvrière ensuite.

Le triomphe de la première est reculé pour
de longues années, et l'ouvrier, qui a servi
d'instrument à une aussi triste entreprise, est
pour longtemps aussi retardé dans la solution
qu'il cherche, dans la prospérité qu'il envie.

LA DÉMOCRATIE RADICALE ET LA GRÈVE
DES MINEURS

L'époque des élections réveille toujours certaines questions sociales, et la fièvre des luttes
qu'elles font naître favorise naturellement les
résultats qu'en désirent tous les différents chefs
de parti.

On se souvient de l'animation qui s'est produite parmi la population ouvrière de Saint-
Etienne pendant la période électorale. Plus d'une
fois, il a fallu reconnaître que le parti démocratique y apportait une passion que la division
qui s'était mise dans son sein ne faisait qu'accroître.

Si nous rappelons ici les événements du 24
mai, c'est qu'ils nous fournissent un exemple
des tendances que le parti démocratique avait
inspirées à ce qu'il appelait lui-même « sa co-
terie. »

Le scrutin de ballotage de la 1re circonscrip-
tion ne fit qu'accroître la surexcitation des

esprits. Pendant les jours qui le précédèrent, on parla beaucoup de grèves, et nous croyons pouvoir affirmer que cette question ne fut point une de celles qui jouèrent un rôle secondaire dans la lutte.

La démocratie stéphanoise professa à cet égard les doctrines de son parti, et l'échec de son candidat n'était pas de nature à calmer l'effervescence de ceux qui s'en étaient faits les défenseurs.

La défaite politique fit peut-être désirer un triomphe sur un autre terrain ; quoi qu'il en soit, on ne saurait oublier que ce fût aux cris de vive Dorian! vive Bertholon ! et au chant de la *Marseillaise* que la grève commença. Si l'on ajoute à ces considérations les circonstances équivoques de la cessation de travail, les illégalités qui l'ont marquée, l'absence de toute entente préalable entre les ouvriers, la visite faite aux puits par des inconnus, le blâme outrageant jeté sur le régiment qui, dans le conflit de la Ricamarie, a dû faire feu, blâme qui, par sa nature comme par sa forme, était une sorte d'approbation des violences commises par les ouvriers et dès lors un quasi encouragement à les continuer, on restera convaincu que la grève de nos mineurs est non-seulement dans les principes de la démocratie radicale profes-

sés par l'*Eclaireur*, mais que le parti démocratique a pleinement conformé sa conduite à ses
principes.

Nous ne voulons pas pousser plus loin cette
démonstration et pour rester au-dessous de ce
que nous croyons être la vérité, contentons-nous
de dire que si l'administration a fait des fautes,
la démocratie, par zèle ou par maladresse, en a
aussi commis plus d'une.

QUI EST RESPONSABLE DU CONFLIT
DE LA RICAMARIE.

Il est inutile de rappeler ici les circonstances
dans lesquelles s'est produite la collision de la
Ricamarie, et comme notre but n'est pas de res-
susciter des haines qui commencent à s'étein-
dre, nous voulons être sur ce sujet, d'une ré-
serve aussi grande que possible.

La collision de la Ricamarie est un accident
et un accident terrible ; il importe donc de n'en
pas faire retomber légèrement la responsabilité
sur l'un ou sur l'autre.

On a, disons-le sans arrière pensée, outragé
un régiment, jeté sur un drapeau français une
tache dont il est juste, dont il est de notre devoir de le laver sans retard.

Il ne faut pas connaître ce que c'est qu'un soldat de notre armée pour accuser toute une compagnie d'*assassinat* et de *massacre*. Plus que personne, nous déplorons les coups de feu tirés, mais il faut rechercher sans passion s'il était possible aux soldats d'éviter cette extrémité terrible, et si cet accident, pour profondément douloureux qu'il soit, n'en a pas empêché de plus grands encore.

Ce que nous avons dit jusqu'ici nous permet d'abord de déclarer que, par ses fautes, l'administration a été une des causes principales de l'affaire de la Ricamarie ; que, d'autre part, le parti démocratique de Saint-Etienne qui, dans tout cela, vu son immense influence sur nos ouvriers, avait à remplir le rôle si beau de conciliation et d'apaisement, n'a rien fait pour calmer les esprits, ni pour arrêter les illégalités, empêcher les violences qui, en se perpétuant toujours croissantes, ont rendu inévitable une collision comme celle de la Ricamarie.

A ces causes lointaines mais réelles, s'en joignent d'autres plus rapprochées et plus immédiates et qu'il nous faut bien signaler.

Pourquoi, lorsqu'aucun des directeurs d'usine du département ne faisait enlever du charbon dans les exploitations houillères de notre bassin, pourquoi, devant l'irritation des ouvriers, en face des violences dont ils s'étaient rendus coupables pour empêcher tout travail dans les mines, pourquoi MM. Holtzer et Dorian se sont-ils crus autorisés à faire prendre un chargement de charbon aux mines de Montrambert?

La plus simple réflexion suffisait pour comprendre que cet enlèvement ne se ferait pas sans opposition de la part des ouvriers et dès lors sans conflit ; nous ajoutons que la prudence faisait à MM. Holtzer et Dorian un devoir impérieux de ne point tenter ce que les autres directeurs d'usines n'avaient pas osé tenter. Nous allons plus loin et nous disons que la position toute spéciale de M. Dorian dans le parti démocratique devait lui interdire cette tentative. Et, en effet, supposons que les ouvriers, faisant une exception pour le *député élu par eux*, eussent laissé enlever ce charbon, c'était l'aveu public d'une entente entre eux et lui et cette imunité en sa faveur le transformait presque en leur complice.

M. Dorian avait-il compté que la sympathie des ouvriers pour sa personne leur ferait faire une exception en sa faveur? Nous l'ignorons; quoi qu'il en soit, il est évident que si, à l'exemple de tous les autres usiniers, il se fût approvisionné de charbon ailleurs que dans nos exploitations, le conflit qui a précédé la collision de la Ricamarie n'aurait pas eu lieu.

Trois fois les employés de M. Dorian, *très persévérants* on le voit, ont essayé d'entraîner les wagons chargés, et trois fois les ouvriers mineurs s'y sont opposés. En vain répétait-on à ces derniers que *c'était pour M. Dorian*, les grévistes n'avaient plus le *culte* des électeurs et résistaient. Leur opposition étant, après tout, illégale, force devait rester à la loi, on fit des prisonniers et... on connaît le reste.

Eh bien! nous le demandons, en présence de ces faits, comprend-on que ce soit du parti démocratique, dont M. Dorian est le chef, que soit partie l'accusation et ne semble-t-il pas que les accusateurs soient ici les plus coupables?

On accuse les militaires ; qu'ont-ils fait? Epuisés, fatigués, harcelés depuis plusieurs jours et plusieurs nuits ; attaqués à coups de pierres, à coups de pistolet, blessés et pris entre une foule grossissante dont les cris et les menaces allaient croissant ; mis dans l'alternative : ou de relâcher les prisonniers qu'ils avaient pris, ce qu'ils ne pouvaient pas faire raisonnablement, ou de se défendre, ce qui était de droit naturel, ils se sont défendus.

Il n'y a eu de leur part, et de la part de leurs chefs, ni préméditation, ni calcul ; surpris et menacés, ils ont fait ce que tout homme fait dans ce cas, ils se sont défendus, et c'est là le cas de légitime défense.

Certes, lorsqu'allumant la guerre civile, les *irréconciliables* envoient sur les barricades des milliers d'hommes se faire tuer pour seconder leurs projets politiques, ils ne se montrent pas si émus du sang versé sur leur mot d'ordre, et qui niera que 13 victimes faites pour maintenir l'ordre sont moins lourdes dans la balance de la justice que des milliers sacrifiés pour constituer le désordre ?

Nous avons dit que l'accident de la Ricamarie en a empêché un bien autrement grave. Et, en effet, avec la passion mise au début de cette grève, avec l'exaltation qui s'affirmait chaque jour davantage, avec la conviction qu'on avait donnée aux grévistes que les militaires avaient « ordre de ne rien faire » et que, d'ailleurs, une *révolution* devait sous peu de jours terminer leur grève, il est bien certain qu'un conflit plus sérieux aurait eu lieu dans d'autres conditions, dans la ville même peut-être, non plus contre quelques centaines d'individus, mais contre des bandes organisées, et nul ne peut entrevoir combien l'affaire eût été plus grave et plus désastreuse.

Loin de nous la pensée de regarder cette déplorable affaire comme une solution heureuse des difficultés que la grève amoncelait chaque jour ; mais les faits sont là pour le prouver : de

la collision de la Ricamarie, date la période d'a-
paisement de la grève des mineurs.

Et, maintenant, que faut-il penser de ceux
qui ont transformé cette malheureuse affaire en
massacre ?...

Une rétractation absolue a été signée par celui
de nos confrères qui s'était fait le complaisant
écho de cette accusation injuste : il est donc hors
de cause. Tous, cependant, ne l'ont point imité ;
—nous touchons, ici, à la dernière question sou-
levée par la grève des mineurs : la dissolution
du Conseil municipal. Nous en ferons connaitre
avec indépendance toute notre opinion.

V

LA SUSPENSION DU CONSEIL MUNICIPAL.

Quelques jours après la collision de la Ricamarie, dix-sept conseillers municipaux adres-
saient à M. le Maire de Saint-Etienne une lettre
dans laquelle cette malheureuse affaire était
qualifiée de « répression inhumaine » commise
« par le 4ᵉ de ligne » et où les signataires
priaient *avec instance* M. le Maire « de demander
à qui de droit l'éloignement immédiat dudit régiment, afin de calmer l'irritation qui s'était
emparée de la population de notre ville et des
populations environnantes. »

Inutile d'ajouter que M. le Maire refusa de se
charger d'une semblable mission.

Ce fut à la suite de cette lettre et à cause de
son contenu que M. le Préfet de la Loire pro-
nonça la *suspension* du Conseil municipal et
nomma une commission destinée à le sup-
pléer.

MM. les membres du Conseil municipal, en
protestant contre cette mesure, ont invoqué le
mandat qu'ils tiennent de leurs électeurs, *tenté*

4

d'expliquer les raisons qui leur ont paru rendre opportune la demande d'éloignement du 4e de ligne et déclaré enfin qu'ils avaient agi isolément et non comme conseillers municipaux.

La suspension du Conseil municipal a, on le comprend, fort ému le monde politique et l'on a vu, pour la première fois peut-être, MM. les libres penseurs qui forment ce Conseil avoir pour défenseurs des journaux tels que l'*Union* et la *Gazette de France*.

Comme fait, cette suspension n'a été dans la grève qu'un simple accident qui n'a exercé aucune influence sur sa marche ; la grève l'a amenée, mais elle n'a apporté à la grève elle-même aucune modification. Elle n'est donc, en réalité, qu'un des points secondaires de notre étude et elle ne s'y rattacherait que comme détail a inscrire si la question de principe ne venait donner à cette mesure préfectorale une importance qui en rend l'examen nécessaire.

Nous voudrions, sans en faire l'objet d'une trop longue digression, rechercher le degré d'opportunité et de légalité de cette mesure, bien préciser les causes qui l'ont accompagnée et la manière dont elle a été accueillie dans l'opinion publique.

LES CONSEILS MUNICIPAUX ET LA LOI
DU 5 MAI 1855.

Le Conseil municipal est un comité chargé de l'administration des affaires communales et les conseillers municipaux sont les mandataires de leurs concitoyens.

Issus du suffrage universel, préposés par les intéressés eux-mêmes à la gérance des biens de la commune, ils tiennent tous leurs droits de leurs électeurs; il semble donc qu'ils ne doivent compte de l'exécution de leur mandat qu'à ceux dont ils l'ont reçu et que ceux-ci aient seuls le droit de contrôle sur leurs actes.

Logiquement, ceux qui les ont élus devraient donc pouvoir seuls les confirmer dans leurs fonctions ou leur retirer l'autorité qu'ils tiennent de l'élection, selon que la majorité juge bonne ou mauvaise leur administration.

La loi du 5 mai 1855 l'a autrement établi; sous le régime de centralisation où nous vivons, il ne faut pas s'étonner du droit arbitraire que s'arroge le gouvernement d'arrêter l'effet du suffrage universel.

Nos préfets peuvent suspendre les conseils municipaux, mais dans quelles conditions? pour quelles raisons? La loi est muette sur ce point.

Nous n'avons pas à faire ici ni l'étude ni la critique de cette loi, disons seulement qu'en elle-même elle est essentiellement arbitraire, que l'exercice en est toujours blâmable bien que légal et que tout homme vraiment libéral ne saurait absoudre les actes qu'elle autorise.

Nous blâmons donc et la loi et l'application qu'on en fait; à ce point de vue, nous regrettons la décision prise par M. le Préfet de la Loire.

Mais bien que le jugement de l'opinion publique n'ait pas été invoqué, bien que la suspension du Conseil municipal ait été en soi un acte arbitraire, s'en suit-il que les résultats n'en aient pas été bons, et de ce qu'intrinsèquement, théoriquement on ne peut l'absoudre, en devons-nous conclure qu'il faille le regarder comme mauvais? En d'autres termes, cette suspension est-elle une mauvaise chose? faut-il la regretter? Et dans l'état où nous sommes, cet acte, fait en vertu d'un principe inacceptable, ne doit-il pas être accepté? l'opinion publique ne l'a-t-elle pas, en quelque sorte, légalisé?...

Puisque l'on reconnaît aux électeurs le droit de retirer le mandat de la gérance de leurs affaires à ceux auxquels ils l'avaient confié, ne se peut-il pas que la suspension prononcée par le **Préfet** soit en même temps l'expression de la pensée publique et que, dès lors, devant le fait accompli, il soit permis d'oublier l'arbitraire de la mesure préfectorale pour ne plus considérer que le droit et la justice du verdict de ceux qui devraient seuls avoir le droit de le prononcer ?

Notre opinion semble, sur ce point, parfaitement logique rationnelle et juste.

Nous croyons que, lorsque les raisons sur lesquelles repose la mesure dont l'administration prend l'initiative et la responsabilité sont fondées, sérieuses et regardées comme telles par la population, l'arrêté du Préfet devient non plus l'application d'une loi arbitraire, mais l'expression de la volonté et de la condamnation prononcée par les juges naturels, qui sont les électeurs.

Sans doute, il serait bien plus simple, bien plus naturel et surtout bien plus *libéral* de laisser aux électeurs eux-mêmes le soin de régler à leur gré les affaires communales, de révoquer les conseillers municipaux qu'ils ont nommés ; mais, la loi existant, il faut savoir la considérer dans son application et, malgré ce que l'on peut appeler une procédure mauvaise, savoir reconnaître si la condamnation est ou n'est pas méritée.

C'est là le point essentiel à étudier ici.

LE CONSEIL MUNICIPAL DE SAINT-ÉTIENNE.

Il serait long pour nous, fatiguant pour nos
lecteurs et inutile d'ailleurs à notre thèse de
passer en revue tous les actes du Conseil municipal de Saint-Etienne; il en est qui lui ont fait,
dans la France entière, une bien triste célé-
brité et, pour notre part, nous en avons eu à
signaler plus d'un.

Pour la question qui nous occupe, il nous
suffit de savoir à quel parti politique appartien-
nent la plupart des membres de ce Conseil,
quelles opinions ils professent, quel but ils
poursuivent, et de bien démontrer que ce parti,
que ces opinions, que ce but sont de tous points
opposés aux intérêts de la population de Saint-
Etienne, à l'ordre dont son commerce et son
industrie ont besoin, et que, vu la situation
politique et sociale où nous nous trouvons, ils
faisaient du Conseil municipal, non plus un comité administrant et gérant au mieux les intérêts communaux, mais un comité politique
ayant des vues nécessairement contraires à ces
intérêts.

Certes, nous n'apprendrons rien à personne
en disant que l'*Éclaireur* est l'organe de la majorité du Conseil municipal. Nous sommes loin

d'en faire un crime à messieurs les conseillers
suspendus ; comme citoyens, ils sont absolument libres de leurs opinions, libres de chercher à les propager, libres d'en poursuivre le
triomphe, libres même de mettre en œuvre,
pour cela, tous les moyens dont ils disposent...
Mais, enfin, ils sont les fondateurs de l'*Éclaireur*,
c'est-à-dire les chefs du parti démocratique,
chefs dévoués (on le sait), chefs habiles (ils l'ont
prouvé), chefs actifs (M. Bertholon en pourrait
dire quelque chose), et ils forment en même
temps, dans le Conseil municipal, une très im-
posante majorité.

Nous avons dit hier les sympathies de la démocratie en général et de la démocratie de
l'*Éclaireur* en particulier pour les grèves, nous
n'y reviendrons pas ; on sait, d'autre part, que
les quinze mille citoyens, dont l'*Éclaireur* disait
un jour qu'il pouvait disposer, se recrutent surtout dans nos ouvriers mineurs, il en résulte
donc que la grève et ses illégalités avaient pour
protecteurs ou au moins pour partisans la majorité des membres du Conseil municipal.

Ce ne sera certes pas calomnier l'*Éclaireur*
que de voir en lui un des plus ardents organes
de la démocratie *irréconciliable ;* or, si ce mot
d'irréconciliable ne signifie pas *révolutionnaire,*
il ne signifie rien, et nous sommes bien certains

que MM. les *conseillers municipaux démocrates* ne nous en voudront pas de les regarder comme partageant les idées politiques et les tendances sociales des irréconciliables, c'est-à-dire de tendre à la révolution et de voir dans la grève de quinze mille ouvriers mineurs un *excellent symptôme.*

Les preuves d'ailleurs s'en trouvent à chaque numéro de l'*Éclaireur*, et si ces Messieurs ne sont point avec ce journal en parfaite conformité d'opinions, nous serons heureux de leur avoir fourni l'occasion d'édifier sur ce point leurs concitoyens, dont la majorité pense comme nous.

VI

LES DÉMOCRATES DU CONSEIL MUNICIPAL ET LA GRÈVE.

Pour juger de l'opinion et du rôle de la majorité démocratique du Conseil municipal à propos de la grève de nos mineurs, il suffit de jeter un coup-d'œil sur la lettre dont nous avons parlé hier.

En effet, on y voit le rôle des soldats courageux dont nous avons dit hier la difficile et pénible mission, travesti en une « inhumaine répression; » on y demande « l'éloignement immédiat du 4ᵉ de ligne, » voulant très clairement ainsi couvrir de honte ce régiment. Qu'atten-on de cet éloignement? Qu'il « calmera l'irritation; » ce qui revient à dire qu'il fallait donner aux révoltés le spectacle, bien propre à encourager leurs intentions audacieuses et illégales, d'éloigner ceux qui n'avaient, après tout, que rétabli et maintenu l'ordre, empêché le triomphe de la violence et fait respecter la propriété et la liberté.

Voilà le rôle que prenaient dans la grève les 17 conseillers municipaux signataires de la lettre en question.

Tout en maintenant dans son entier le sens de l'article de l'*Eclaireur*, sans tenir aucun compte de la rétractation que M. E. Critot avait cru de son honneur de faire le lendemain, ils traitent la répression « d'inhumaine » et demandent l'éloignement du régiment qui, après tout, a accompli avec autant de dévouement que de patience un devoir qu'il serait calomnieux de ne point regarder comme douloureux et pénible.

Depuis ce jour et grâce à l'article de l'*Eclaireur*, autant qu'à la lettre dont nous parlons et à l'attitude de ces signataires, les soldats et les sous-officiers du 4ᵉ de ligne sont en butte aux attaques de gens plus ou moins bien famés; on espère obtenir ainsi l'éloignement qu'on n'a pu obtenir ailleurs; eh bien, non la population de Saint-Etienne n'approuve pas la conduite du parti démocratique en cette circonstance; non, elle n'approuve pas les violences de langage, l'excitation que l'on cherche à mettre dans un conflit si nuisible aux intérêts de tous; non, elle n'approuve pas l'appel que l'on fait aux passions subversives.

La population de Saint-Etienne, au contraire, jette le blâme le plus énergique sur ceux qui, au lieu de travailler à l'apaisement des passions, semblent fonder des espérances et des projets sur l'excitation des esprits, elle désapprouve et les articles de l'*Eclaireur* et la lettre des conseillers municipaux et leur démarche auprès du maire et leur attitude dans toute cette affaire.

Nous disons plus, et nous nous fondons pour cela sur les dires des nombreux prisonniers faits pendant la grève, les ouvriers mineurs eux-mêmes accusent de leurs maux et de l'inutilité de leur grève ceux qui, au lieu de chercher à amener l'apaisement et l'union, ont semé la discorde et augmenté les haines et les colères (1).

Voilà ce que pense la population ; au fond, elle a prononcé contre les conseillers municipaux un verdict de blâme et de condamnation dont l'arrêté du Préfet est devenu en quelque sorte l'exécution.

La preuve n'en est-elle pas éclatante dans la manière dont cette suspension a été acceptée par la population Y a-t-il eu de la part des électeurs quelques protestations ? Non, pas une seule; celle des conseillers municipaux a été sans écho; on en eût pu faire naître, nous n'en doutons pas, mais nous constatons que jusqu'ici il ne s'en est produit aucune spontanément.

_____

(1) Les délégués des ouvriers mineurs avec lesquels nous avons pu conférer depuis que ces lignes ont paru, ont, en notre présence, très-nettement formulé la même accusation.

Cela ne dit-il pas clairement que dans l'opinion publique, pour arbitraire que fût la mesure
prise par M. le Préfet, elle a eu l'assentiment
général; avouons aussi que ce n'est pas d'aujourd'hui que la majorité du Conseil municipal
s'est aliéné les sympathies de la population et
que l'indifférence avec laquelle sa suspension a
été accueillie est le fruit des actes nombreux
blàmés depuis plusieurs années (1).

UNE MAUVAISE EXCUSE.

Pour *expliquer* la portée de leur démarche,
les signataires de la lettre sur laquelle M. le
Préfet a visé son arrêté de suspension viennent
maintenant nous dire qu'en demandant l'éloignement du 4e de ligne, ils n'ont eu d'autre but
que « de rendre impossible de fàcheuses représailles de la part d'une population ouvrière. »

Ceci est un peu plus anodin que l'accusation
de « *répression inhumaine* » de la lettre en question.

---

(1) Nous devons toutefois exprimer ici combien nous regrettons qu'au lieu d'une suspension qui met dans les mains
d'hommes choisis par l'administration la gérance des affaires
municipales, on n'ait pas prononcé de suite la dissolution
du Conseil et fait procéder à de nouvelles élections. C'eût
été ôter à la mesure prise l'arbitraire qui l'entache.

Mais il y avait un moyen bien plus simple et bien plus noble d'empêcher de fâcheuses représailles, c'était de calmer l'irritation des esprits.

Où voit-on d'ailleurs que l'accident de la Ricamarie ait augmenté cette irritation ?

Jusqu'alors, elle avait été croissant et depuis, elle s'est si promptement calmée que, trois jours après, des ouvriers, sûrs désormais de n'être plus en butte aux violences de quelques meneurs, retournaient à leurs travaux.

Ces messieurs les signataires ont parlé de « l'irritation de notre ville; » ils se sont étrangement trompés sur le sentiment qui s'était emparé de la population. Tout le monde déplorait l'accident terrible de la Ricamarie, mais s'il y avait de l'irritation c'était contre les meneurs qui avaient fait la grève et qui la prolongeaient aux dépens de la sûreté publique et du commerce.

Ce que la population demandait, ce n'était pas l'éloignement du 4e de ligne; la population stéphanoise a trop de cœur, trop de sentiment de l'honneur et du devoir, trop de respect pour le dévouement pour avoir eu seulement la pensée de former un semblable vœu ; ce qu'elle demandait, ce que tout le monde eût dû demander, c'était l'arrestation des meneurs, c'était l'éloignement de ceux qui favorisaient la grève, par leurs paroles, par leurs écrits ou par leurs actes, et, à ce point de vue, il n'est peut-être pas défendu de croire qu'en éloignant de l'administration de la ville, dans un pareil moment, messieurs les démocrates formant la majorité du Conseil municipal, on a quelque peu concouru à calmer cette irritation qui semble avoir été l'objet de leur sollicitude.

Mais, disent encore ces messieurs, « nous n'avons pas agi comme conseillers municipaux. »

On remarquera d'abord que la lettre débute par ces mots : « Nous soussignés, *membres du Conseil municipal de Saint-Etienne,* » ce sont donc des conseillers municipaux et non de simples citoyens qui prennent la responsabilité du contenu de la lettre. Si l'on ajoute à cela que cette lettre, adressée au maire, lui a été portée dans les bureaux de sa mairie et par une délégation officielle, si l'on réfléchit que le nombre des signataires forme la majorité du Conseil municipal réduit, avant sa suspension, à sa plus simple expression, on se convaincra vite du peu de valeur de l'objection de ces conseillers municipaux; ce n'est qu'un faux-fuyant dont personne ne sera dupe.

Pour résumer notre pensée, nous dirons : Il est fâcheux et regrettable qu'une loi autorise un acte arbitraire, mais il est plus fâcheux et cent fois plus regrettable encore que des conseillers municipaux forcent par leur conduite et par leurs fautes, les gens sérieux à se réjouir du résultat d'une mesure que leur conscience et leurs opinions réprouvent.

Voilà ce que nous a dicté notre indépendance sur la suspension du Conseil municipal; blâmant le principe, nous ne pouvons qu'absoudre le fait, vu son opportunité et ses résultats.

VII

REPRISE PARTIELLE DES TRAVAUX.

La position de la majorité de nos ouvriers mineurs pendant la grève a été, il faut le reconnaître, bien triste et bien digne de la commisération des honnêtes gens. Mis en grève par des meneurs que les intérêts des travailleurs ne préoccupaient pas plus que leurs souffrances, victimes de leurs violences après l'avoir été de leurs séductions, ne pouvant réussir à organiser leur grève d'une façon sérieuse et légale, supportant les conséquences de leurs propres fautes aussi bien que de celles de l'administration et du parti dont ils espéraient et dont ils étaient peut-être en droit d'attendre, *à titre de réciprocité*, un concours actif et zélé, ils se sont trouvés pour ainsi dire abandonnés à leur malheureux sort. Isolés, indécis, ne voyant pas d'issue à une grève si mal commencée, si mal conduite, si féconde en maux de toute sorte, si stérile en résultats satisfaisants, ils ont compris que, dans cet état critique, ce qu'il y avait de mieux à faire, c'était d'y mettre fin au plus tôt et ils sont rentrés peu à peu, tristement, timidement à leurs travaux.

Mais ce mouvement, loin d'être général d'ailleurs, n'a point satisfait les meneurs et ils ont redoublé d'efforts pour l'arrêter. Ils y ont réussi en partie, et, pour nous, nous croyons que la grève ne saurait être regardée comme finie.

Toutefois, cette reprise partielle du travail, pour incomplète qu'elle soit, n'en doit pas moins être tenue pour précieuse et de bonne augure.

Ce retour prouve que nos ouvriers voient enfin qu'ils ont été trompés, qu'ils comprennent que le but des meneurs n'a pas été de leur être utile, qu'ils sentent qu'après les illégalités de leur grève, le meilleur moyen de les réparer est de revenir à leurs travaux d'où ils ont été arrachés.

D'autre part, ce retour prépare admirablement une entente et une conciliation entre les ouvriers et leurs patrons; elle permet aux uns et aux autres d'étudier et de discuter avec calme leurs droits mutuels et de prendre de concert les moyens les plus propres à y donner satisfaction.

Ce retour est encore un exemple puissant pour ceux qui ont résisté jusqu'ici, et en devenant la condamnation des meneurs, en affaiblissant leur despotique influence, il fait espérer que, libre désormais et n'ayant plus à subir la pression de quelques mauvaises têtes, les ouvriers honnêtes se hâteront de protester contre les illégalités commises et de bien prouver qu'ils en ont été les victimes et non les instigateurs, en reprenant leurs travaux dont la cessation a été si regrettable pour eux tous.

Est-ce à dire que ce retour pur et simple soit une véritable solution de la grève? Ce n'est point notre pensée.

La reprise des travaux, fût-elle même à peu près complète, ne serait point une solution de la grève. Elle facilite, elle prépare, elle hâte cette solution mais ne l'amène pas, et il nous est avis que l'heure est propice pour tenter d'imprimer à cette crise une tendance décisive qui en empêche le retour, de lui donner une solution autre que celle qui, après tout, est née de la lassitude et de l'expectative infructueuse dans lesquelles les parties engagées sont demeurées trop longtemps vis-à-vis l'une de l'autre.

Dans cette tâche, patrons et ouvriers ont des devoirs qui répondent à leurs droits mutuels.

Pour tracer ces devoirs autrement que d'une manière générale, il faudrait discuter chacun de ces droits, et cela n'entre pas dans le cadre de l'aperçu *purement historique* que nous nous sommes tracé.

Que les uns et les autres nous permettent seulement de leur donner quelques conseils dictés par un esprit de conciliation, inspirés par l'ardent désir de voir la crise, ruineuse pour tous,

où la grève a jeté notre pays, recevoir une solution prompte et de nature à réparer les désastres faits par elle.

AUX OUVRIERS MINEURS.

Que les ouvriers mineurs ne se méprennent
pas sur la pensée qui nous a animés en faisant
l'historique de leur grève.

Nous avons voulu dire et nous avons cherché
la vérité; nous avons cru que ce moyen n'était
pas le moins propre à servir la cause de la justice, à préparer pour chacune des parties le res
pect des droits de l'autre.

Nous avons trouvé la grève, à son début
comme dans ses différentes périodes, illégale et
mauvaise pour tous; nous nous sommes dispensé
de discuter le degré d'opportunité des différentes
demandes et le plus ou moins de fondement des
objections qu'y ont fait les patrons. Nous ne
nous sommes point cru autorisé à trancher de
nous-même les difficiles et multiples questions
des caisses, des salaires, des heures de travail,
et, ainsi, nous n'avons pas eu occasion de dire
dans quelle mesure les uns ou les autres nous
semblaient avoir raison. C'est donc à tort que
ceux contre lesquels nous avons dû diriger nos
critiques essaieraient de nous présenter, les uns

aux ouvriers comme le défenseur des patrons, les autres aux patrons comme le partisan des grévistes.

Nous avons tracé le récit des faits et nous avons dit en commençant quelles raisons nous ont empêché de faire autre chose.

Plus que ceux qui les flattent, plus que ceux qui les trompent, plus que ceux qui les irritent, nous sommes l'ami dévoué des ouvriers, et s'il leur faut, pour qu'ils n'en doutent pas, un aveu sincère, nous leur dirons que tout ce qui peut augmenter leur bien-être, accroître le cercle de leurs droits, affirmer leur égalité sociale, concourir à les rendre libres et heureux, diminuer leurs souffrances et multiplier leurs joies, nous trouvera toujours pour défenseur persévérant.

Mais comme nous croyons que le mensonge ne produit rien, que la passion est stérile, que la haine tue, que la division affaiblit, nous voulons dire aux ouvriers comme aux patrons la vérité et rien que la vérité, leur prêcher le calme, la concorde et l'union ; nous voulons leur dire franchement les fautes qu'ils commettent parce que, selon nous, rien ne compromet plus les droits d'un individu que l'atteinte qu'il porte aux droits des autres.

Nous ne cesserons donc de dire aux ouvriers et nous leur dirons aujourd'hui :

L'avenir est au travail ; la question qui préoccupe tous les hommes sérieux est celle de la classe ouvrière ; vous êtes l'objet des recherches, des études, des sollicitudes de tous les hommes dévoués de tous les pays, et vous êtes aussi l'objet de toutes leurs sympathies comme de leurs espérances. Déjà bien des choses sont conquises, bien des progrès sont accomplis, la persévérance des gens de bien ne vous fera pas défaut, mais vous, sachez leur prêter votre concours, soyez constants, ne soyez pas injustes, ne compromettez pas, par une précipitation intempestive, votre cause qui est noble et grande. Le bien ne s'acquiert jamais par le mal ; ne cédez donc jamais aux excitations de ceux qui vous poussent à la violence, à l'illégalité, à l'injustice, et dites-vous que sous leur dévouement apparent se cache un piège où vous trouverez la ruine.

La vérité seule est féconde, le calme seul est bon conseiller, la justice seule est une source de progrès, le respect des droits de tous conduit seul au respect des droits de chacun.

Voilà les lois immuables qu'il vous faut observer ; les jalons qui vous guideront dans la réforme sociale que vous poursuivez, que vous avez raison de poursuivre ; les vertus qui rallieront à vous tous les cœurs généreux, tous les esprits droits ; les armes avec lesquelles vous conquerrez, si vous savez vous en servir, une place puissante, heureuse et féconde dans le monde de l'avenir.

Mais ne l'oubliez pas, ouvriers, pour cela il ne suffit pas d'obtenir des salaires plus élevés, de diminuer les heures de fatigue du travail, il faut accroître vos richesses intellectuelles et morales, il faut vous instruire, il faut vivre de la vie de l'esprit, de la vie du cœur, de la vie de l'âme, car cela seul fait l'homme grand, l'homme fort, l'homme puissant. A quoi vous servira le bien-être matériel, si vous ne vous mettez pas à même de jouir du bien-être plus réel et plus doux de l'intelligence. L'homme ne vit pas seulement de pain, il vit de vérité, de science, d'art, d'amour du bien et les joies de ce bien être-là sont autrement douces que celles du bien-être corporel.

Que votre ambition s'accroisse donc, soyez moins humbles, portez vos vues plus haut, réclamez à vos concitoyens le pain de l'âme, les biens du cœur, dites à ceux qui en jouissent de partager avec vous, ils ne s'y refuseront pas et pour l'obtenir vous n'aurez pas besoin de vous mettre en grève.

Quand vous aurez ces richesses-là, sachez-le bien, ouvriers mes frères, les autres viendront vite parce que votre travail aura plus de valeur et plus de prix.

AUX PATRONS

Lorsque l'on cherche les causes du développement qu'ont pris en France le commerce et l'industrie, on les trouve tout entières dans le progrès des idées de liberté dont la France se nourrit depuis près d'un siècle.

La réforme libérale a trouvé en politique bien des obstacles, et toute l'intensité de cette tendance vers la liberté s'est portée vers la réforme sociale.

C'est en vain qu'on s'efforcerait d'opposer à ce flot une barrière. Chercher à le faire, ce serait transformer en un torrent dévastateur un fleuve destiné à féconder les régions qu'il doit traverser.

Nous l'avons dit aux ouvriers, nous le redirons aux patrons : la question importante aujourd'hui, c'est la question sociale; nous dirons même que, devant elle, la question politique s'efface, ou plutôt que de la solution de la première dépend la solution de la seconde.

Nul plus que les chefs d'industrie n'est à même de hâter la solution de cette importante question, et c'est pour eux un intérêt autant qu'un devoir de ne point faillir à cette tâche.

Certes, une telle réforme ne s'accomplira pas
sans crises ; l'enfantement du progrès qu'elle
assure ne se fera pas sans douleurs, mais devant
les maux sans nombre comme sans remède qui
surviendraient pour ceux qui l'abandonneraient
ou qui la combattraient, il n'y a pas à hésiter ;
la nécessité s'impose, et d'ailleurs, les fruits
d'intérêt général qu'elle ne peut manquer de
produire doivent faire oublier les pertes d'intérêt privé qu'elle peut entraîner dans son accom-
plissement.

Le devoir des chefs d'industrie est donc d'étudier les moyens les plus propres à atteindre ce
but aussi rapidement, aussi sûrement que possible.

Le premier de ces moyens c'est d'amener entre eux et leurs ouvriers une union solide qui
résiste aux efforts de ceux qui, dans un but in-
téressé, cherchent à semer la haine et la désunion ; c'est de regarder l'ouvrier comme un
frère, de l'élever à leur niveau au point de vue
intellectuel, de le moraliser et d'établir, entre
les droits du capital et les droits du travail, une
égalité en rapport avec la part que chaque ouvrier représente dans les produits comme dans
les revenus.

Il y a là, bien des questions à étudier, bien
des difficultés à vaincre, bien de la persévé-

rance à apporter de la part de tous, mais il y a de grandes choses à faire, beaucoup de bien à produire et plus de gloire encore à récolter que de sueurs à verser.

La question sociale est le levier qui doit soulever le monde, ce n'est point trop de tous les bras pour le mettre en mouvement ; les écrivains s'en occupent, la presse s'y dévoue ; que les patrons ne laissent point à d'autres le rôle et la mission qui leur incombe, que les travailleurs ne fassent point par leur précipitation ou leurs résistances manquer l'ensemble de ces élans vigoureux, et la crise sociale sera terminée, et les grèves, à jamais bannies, seront remplacées par une union incessante qui donnera à tous la force et à chacun la prospérité et le bonheur.

Nous ne saurions mieux conclure notre étude sur la grève que par ce vœu sincère.

E. Le Nordez.

APPENDICE

I

Le jour même où nous terminions dans le journal la *Loire* cette étude sur la grève des mineurs, nous recevions la visite des délégués de ces derniers qui nous remirent la lettre que voici :

Monsieur le Rédacteur,

Les soussignés ouvriers mineurs, membres de la Commission des quinze, nommée par la grande délégation départementale, composée de quarante-cinq délégués représentant toutes les exploitations du bassin houiller de la Loire, maintenus dans notre mandat par l'assemblée générale qui s'est tenue à la Rotonde, le dimanche 4 juillet, et qui nous a donné pouvoir de traiter avec les Compagnies, avons recours à votre journal pour prier MM. les directeurs des diverses compagnies de déclarer s'ils persistent dans leur délibération du 16 juin dernier.

Aux termes de cette délibération, ils ont accepté :

1° Le principe d'une caisse générale unique ;

2° La limitation à onze heures de séjour de l'ouvrier dans la mine ;

3° Le principe d'une discussion sur la fixation des salaires, fixation à débattre entre les ouvriers de chaque Compagnie et cette Compagnie.

Pénétrés de la grave responsabilité qui pèse sur nous, et désireux de voir la reprise du travail se généraliser, nous avons l'honneur de demander aux directeurs des Compagnies s'ils maintiennent ces concessions ou s'ils les retirent, comme on l'a dit, et comme nous ne pouvons le croire.

S'ils les maintiennent, nous les prions, au nom de nos camarades, de nous faire savoir comment et par quels moyens ils entendent réaliser leurs propositions, que nous acceptons, et les introduire dans la pratique.

Nous espérons qu'ils répondront à notre demande, dont le but unique est de hâter une entente paisible, et de mettre fin, immédiatement, à l'interruption du travail.

La Commission représentant la délégation :

COMBE Pierre, COTE Simon, COSTE Antoine, CHAPELON Claude, FONTANEY Jean, GRANIER Antoine, HENRI Joseph, LEGAT André, MONTEIL François, MORIN Jean-Baptiste, PUPIER cadet, PINEZ Etienne, RODARY Jean-Benoît, TRANCHANT Simon, VERICEL Joseph.

Cette lettre mettait hors de doute le ferme désir des ouvriers mineurs de hâter la solution de leur grève, aussi acceptâmes-nous avec bonheur la demande qu'ils nous firent de conférer avec eux sur les moyens propres à atteindre ce premier résultat.

Ce fut à la suite de cette conférence que nous

écrivîmes les lignes suivantes qu'il nous a paru
bon de placer ici comme un complément naturel
de notre étude sur la grève.

———

Nous le disions hier en terminant notre étude
sur la grève : la reprise des travaux fût-elle d'ailleurs complète, ce serait la *fin* de la grève, ce
n'en serait pas *la solution* ; et cette fin même est
loin de nous encore, croyons-nous ; il n'est donc
ni imprudent ni inopportun de mettre en discussion les questions que soulève cette grève, et,
pour nous, il nous est avis que c'est rendre un
service réel à tous, aux patrons, aux ouvriers.
au public, que de prêter le concours qu'on nous
demande à la prompte solution de ces questions.

La lettre qu'on vient de lire est, sans contre-
dit, un des documents les plus importants de la
grève.

Dans le fond comme dans les termes, elle
prouve l'ardent désir des ouvriers d'arriver aussitôt que possible à une entente entre eux et leurs
patrons.

« Pénétrés de la grave responsabilité qui pèse
sur eux, disent-ils, et désireux de voir la reprise
du travail se généraliser, » ils viennent faire aux
directeurs un appel à la conciliation et les *prient*
de leur faire connaître s'ils persistent dans leur
délibération du 16 juin.

Nous ne doutons pas un instant que MM. les directeurs dont le désir est certainement aussi de « hâter une entente paisible et de mettre fin *immédiatement* à l'interruption du travail, » ne se montrent tout et tous disposés à accepter ou plutôt à proposer aujourd'hui ce qu'ils ont accepté et proposé le 16 juin.

On a dit que MM. les directeurs retiraient ces concessions, « nous ne pouvons le croire, » disent les ouvriers, et nous, nous disons que cela est impossible et que ce bruit, répandu par les meneurs pour prolonger la grève, sera publiquement démenti par les directeurs.

Sur ce point donc, pas de doute, pas de discussion.

Les bases d'une entente ainsi posée, acceptées par les ouvriers comme par les patrons, les uns et les autres désirant ardemment et ayant tous le plus grand intérêt à mettre fin *immédiatement* à l'état de choses actuel, nous croyons qu'il est utile d'abréger les discussions et de préciser sans plus de retard dans quel sens les ouvriers *désirent* voir se résoudre chacun des trois points à débattre : Caisse, durée du travail et salaires.

C'est dans ce but que nous avons conféré avec les délégués, et nous devons dire que nous les avons trouvés tous calmes, raisonnables, disposés à la conciliation, prêts à *discuter* et non à

imposer leur manière de voir, dans les disposi-
tions les plus favorables, en un mot, et les plus
propres à produire des résultats aussi prompts
que satisfaisants. Plus que jamais, nous pensons
que si quelqu'un d'actif avait voulu, dès le début,
s'occuper de ces braves ouvriers, nous n'aurions
pas à déplorer tous les maux et tous les désastres accumulés depuis six semaines.

Mais, ce n'est plus l'heure des récriminations :
il faut agir, et, pour ne point se perdre en considérations inutiles, exposer nettement la nature
des demandes formulées par les ouvriers.

CAISSE DE SECOURS.

Le premier point, accepté du reste par les directeurs, c'est une Caisse générale unique. Le
second, c'est que cette Caisse soit sous la direction absolue des ouvriers, avec contrôle, toutefois, des opérations de cette Caisse, par une commission de directeurs ou de leurs délégués.

Un comité central aurait la direction générale;
le bassin houiller serait partagé en *divisions* for-
mées elles-mêmes de plusieurs *communes* dans
chacune desquelles trois ouvriers seraient chargés de représenter la Caisse.

La Caisse serait alimentée par une retenue
uniforme dans toutes les exploitations, de trois
pour cent sur les salaires.

Cette retenue ne serait point versée par l'ouvrier lui-même, mais par les patrons au comptable de la Caisse.

Nous ferons remarquer que, sur ce point, on a étrangement exagéré la pensée des ouvriers; on a dit qu'ils retenaient pour chacun d'eux le droit de faire lui-même ses versements à la Caisse; les délégués nous ont formellement déclaré que jamais ils n'y avaient songé et qu'ils étaient les premiers à reconnaitre tous les désagréments et toutes les difficultés que cela créerait.

Jusqu'ici et dans toutes les exploitations, les directeurs ont concouru par des versements, variant selon les Compagnies, à l'alimentation des Caisses : les ouvriers ne doutent pas qu'avec l'organisation d'une Caisse unique, les Compagnies ne continuent à le faire et ils pensent qu'un versement égal à celui des retenues, c'est-à-dire de 3 0/0, ne sera pas jugé trop élevé.

Toutefois, si ce versement déplaisait à une partie des Compagnies, les ouvriers proposent, pour ces Compagnies ou pour toutes, si elles le préfèrent, de convertir ce versement en une augmentation de salaires de vingt-cinq centimes par jour et par ouvrier. Dans ce cas, la retenue à faire sur le salaire pour l'alimentation de la Caisse serait porté de 3 à 6 0/0. Il est inutile d'a-

jouter que cette conversion des versements des
Compagnies à la Caisse en une augmentation de
salaires répondant à une augmentation de retenues, ne touche en rien à l'augmentation pro-
prement dite des salaires qui fait le troisième
point à discuter entre les Compagnies et les ouvriers.

Chaque mois, l'état de la Caisse serait publié
et distribué aux ouvriers et aux patrons, qui
pouraient ainsi toujours en connaître et en con-
trôler les opérations.

Telles sont les bases sur lesquelles les ouvriers
pensent que l'on pourrait constituer la caisse de
secours. Encore une fois, ce sont des *propositions* sur lesquelles ils appellent l'examen des
directeurs et, leur appréciation une fois donnée,
ils sont tout prêts à examiner à leur tour les
modifications et les objections qu'y pourront
faire les Compagniés.

DURÉE DES HEURES DE TRAVAIL

Le second point à étudier est celui des heures
de travail.

Celui-ci, croyons-nous, ne fait point naître de
difficultés sérieuses ; cependant, nous pensons
qu'il y a un petit malentendu entre les ouvriers
et les patrons ; il est au moins dans les termes,
sinon dans les idées.

En effet, par ces mots : « Onze heures de séjour de l'ouvrier dans la mine, » on peut entendre que de l'arrivée au fond du puits jusqu'au
moment où l'ouvrier mettra le pied dans la cage
qui doit le remonter, il s'écoulera *onze heures;*
ce n'est point cependant ainsi que l'entendent
les ouvriers. Par « onze heures de séjour dans
la mine, » ils entendent que de l'arrivée de
l'ouvrier sur le plâtre jusqu'à l'instant où il sor-
tira du puits, il ne s'écoulera pas plus de
onze heures. Ceci fait à la vérité une certaine
différence. Ces onze heures se décomposent
ainsi : huit heures de travail, deux heures pour
les repas, et la onzième heure pour descendre
et remonter de la mine.

Les ouvriers signalent comme une des causes
qui ont entraîné jusqu'ici le séjour prolongé
dans la mine, le nombre insuffisant des ouvriers
chargés d'enlever le charbon. Il est arrivé que
des piqueurs sont demeurés jusqu'à 15 ou 16
heures parce que les *chargeurs* et les *rouleurs*
étaient trop peu nombreux.

Il y aurait, dans ce cas, autant d'intérêt pour
les Compagnies que pour les ouvriers à remé-
dier à ce fâcheux état de choses. Pour nous,
nous croyons que, sur ce point, il sera très facile de donner satisfaction aux ouvriers.

SALAIRES

En est-il de même sur la question des salaires ?

Les ouvriers ne font point aujourd'hui de conditions et ils acceptent le principe d'une discussion.

On a dit — et cela n'a pas peu servi à faire planer sur les ouvriers l'accusation d'exagération et d'injustice, — on a dit et répété que les ouvriers demandaient un tarif uniforme pour toutes les Compagnies ; c'eût été là, en vérité, une demande peu raisonnable et à laquelle il était impossible de donner satisfaction. Or, les délégués nous ont formellement déclaré que jamais les ouvriers n'avaient entendu poser cette condition inacceptable et nous affirmons publiquement, en leur nom, que si dans une lettre ou une note quelconque émanant des mineurs, quelque phrase incorrecte a pu laisser penser qu'ils la posaient, il n'a jamais été dans leur pensée ni dans leur intention d'exprimer une chose qu'ils sont les premiers à reconnaître impraticable.

Au début de la grève, les mineurs ont proposé un tarif, ils prient MM. les directeurs de préciser dans quelle mesure ils croient *pouvoir* augmenter les salaires des différentes classes d'ouvriers occupés dans les mines.

Ici encore, nos mineurs demandent aux Compagnies d'*examiner* et de *discuter* ce qui leur semble exagéré dans les demandes faites et nous pouvons affirmer que sur ce point comme sur les autres, les directeurs trouveront aujourd'hui dans les délégués des hommes disposés à traiter avec calme cette question plus difficile que les deux autres.

Voilà, autant que nous pouvons le faire ici, le résumé de la conférence que nous avons eue avec les délégués des ouvriers mineurs.

Nous supplions les directeurs de ne point se refuser à la discussion calme et sérieuse que demandent les ouvriers, nous les prions d'oublier leurs justes sujets de mécontentement, de défiance peut-être, pour ne voir qu'une démarche qui est de nature à amener de bons et prompts résultats.

Qu'ils ne se méprennent pas sur le rôle que nous prenons vis-à-vis d'eux et des ouvriers. Ils ne sauraient nous en vouloir de chercher, dans un intérêt commun, à être entre eux et les mineurs en grève un trait d'union, et ils comprendront que, n'ayant aucun intérêt personnel en jeu, notre unique désir est d'amener la fin de la crise où le commerce et l'industrie du pays se trouvent depuis trop longtemps, crise ruineuse dont il faut hâter la solution en même temps qu'en empêcher le retour.

Nous faisons donc un nouvel appel aux sentiments de conciliation qui certainement les animent, et nous ne doutons pas que, lorsque les ouvriers font un pas vers eux, ils n'en fassent deux pour ramener promptement l'union et la concorde, seules garanties de tout progrès social.

E. Le Nordez.

LA

GRÈVE DES MINEURS

ET LE

CHEMIN DE FER DE SAINT-ÉTIENNE

A GIVORS.

(Extrait de *La Loire* du 19 juin.)

Pendant que le conseil d'Etat étudie la question du chemin de fer de Saint-Etienne à Givors, la grève des ouvriers mineurs fait oublier un instant cette question très importante pour notre pays.

Ces deux choses ne sont point cependant aussi séparées qu'on le pourrait croire. Entre le chemin de fer projeté et la grève actuelle, il est certains points corrélatifs qu'il est bon de ne pas passer sous silence et qu'il est à désirer que le Conseil d'Etat aussi bien que les intéressés étudient à l'heure présente.

Dans toute grève et dans celle des mineurs en particulier, la question capitale est l'augmentation des salaires.

Il n'est que trop réel que, de plus en plus, tout ce qui est nécessaire aux besoins de la vie augmente et que, pour nous servir d'une expression commune, le *besoin d'argent* se fait sentir plus que jamais.

Nous n'avons pas à examiner le plus ou le moins de justice des demandes des mineurs, moins encore à tracer aux directeurs des exploitations ce qu'ils ont à faire. Constatons seulement que la question du règlement des salaires est celle qui semble devoir retarder indéfiniment la solution de ce regrettable et terrible conflit.

Voici, en effet, la réponse des directeurs à la proposition des ouvriers sur ce point :

« Les directeurs, *sans rejeter d'une manière absolue le principe d'une discussion sur la fixation des salaires*, protestent énergiquement contre un tarif uniforme, les conditions du travail étant essentiellement différentes dans les diverses parties du bassin ; ils déclarent d'ailleurs que *l'application du tarif qu'on leur propose aurait pour effet d'entraîner la fermeture d'un grand nombre d'exploitations*; que par conséquent la fixation des salaires doit être débattue entre les ouvriers d'une compagnie et cette compagnie. »

La réponse des directeurs est de tout point fondée ou tout au moins, nous le paraît à nous, en ce sens que l'application du tarif que l'on propose aurait pour effet sinon de rendre certaines exploitations d'une production absolument négative, certainement au moins de ne point donner aux sociétés un revenu suffisant pour permettre la continuation de l'exploitation.

Cela tient à plus d'une cause; nous n'en voulons signaler qu'une.

Il y a quelques semaines, lorsque nous étudiions la question du chemin de fer de Saint-Etienne à Givors, après avoir constaté l'énormité des tarifs imposés aux exploitations minières pour le transport de leurs produits, reconnu les charges lourdes supportées par les sociétés houillères du bassin de la Loire, par le fait de la Compagnie Paris-Lyon-Méditerranée, après avoir démontré jusqu'à l'évidence qu'avec ces tarifs et ces charges nos produits trouvaient un écoulement difficile qui en resserrait l'exploitation; que nos houilles, arrivant à Toulon, par exemple, à un prix de beaucoup supérieur au cours des houilles anglaises et belges, les sociétés se voyaient forcées de se contenter d'un bénéfice presque minime pour trouver l'écoulement de ces houilles, nous ajoutions : « Il y a là en jeu, non pas comme le semblent croire nos adversaires, les intérêts de la Compagnie nouvelle qui fera l'entreprise, il y va des intérêts *généraux de toute la population d'un département*. Et, en effet, dans l'état actuel des choses, il n'est pas une industrie qui n'ait à souffrir soit de l'élévation exorbitante des tarifs, soit de la difficulté de transport des produits. Mais quand une exploitation est en souffrance, il n'y a pas que les chefs d'industrie qui en pâtissent, plus qu'eux encore les ouvriers qu'ils emploient en sont victimes. Or, ajoutions-nous, il y a, à Saint-Etienne seulement, plus de 60,000 ouvriers dont les patrons ne peuvent en grande partie, et pour les mines en particulier, augmenter les salaires ; que les tarifs de transport soient abaissés, que la facilité de transport permette à l'exploitation houillère de prendre le développement que rendent possible les richesses du bassin de la Loire, alors les bénéfices augmenteront dans une mesure considérable et, si les exploitations y gagnent, les ouvriers qu'elles occupent y gagneront avant elles ; on pourra augmenter leurs salaires journaliers, et ainsi ce petit tronçon de chemin de fer, en restant d'intérêt local, aura pour le pays un intérêt général immense.

« C'est donc au nom de l'industrie, au nom de la richesse et de la prospérité du pays, au nom de ces innombrables ouvriers et de leurs familles, que nous demandons au gouvernement de nous l'accorder, sans se laisser arrêter par les raisons égoïstes d'une puissante et très riche Compagnie qui *exploite*, dans l'acception vraie du mot, notre département aux dépens de son industrie et de son intéressante population. »

Ces lignes prennent aujourd'hui une vérité plus saisissante, et nous avons cru bon de les retranscrire. Nous voudrions que la pensée, très juste croyons-nous, qu'elles renferment ne passât point inaperçue à ceux que la question économique et sociale intéresse et préoccupe. Au point de vue politique lui-même, elle mérite examen.

La création du chemin de fer de Saint-Etienne à Givors aura, nous l'avons prouvé, un double résultat : l'abaissement considérable de tarifs actuellement très exagérés et le développement certain de l'exploitation.

Ces deux résultats ne peuvent qu'en amener un autre, des bénéfices plus grands et plus assurés.

Dans ce cas, les chefs d'exploitation ne sauraient plus se refuser à l'augmentation des sa-

laires de leurs ouvriers, et ils seraient les premiers, nous n'en doutons pas, à en prendre
l'initiative, n'étant plus en face d'une mesure
qui menace d'entraîner, comme ils déclarent
qu'aujourd'hui la chose arriverait, la fermeture
de leurs mines, c'est-à-dire la ruine de leur
industrie.

Certes, devant les conséquences désastreuses
d'une grève comme celle des mineurs, devant
cette coalition qui, en quelques endroits, res-
semble à l'émeute, devant les extrémités on ne
peut plus regrettables auxquelles on en est venu
il y a trois jours, il est permis, il est nécessaire
de rechercher tous les moyens d'en empêcher
le retour, et l'on ne saurait en négliger aucun.
Or, il nous semble que, parmi ces moyens, ceux
qui tendent à augmenter le bien-être du tra-
vailleur ne sont pas les derniers qu'il faille en-
visager, et nous croyons fermement que, dans
la question du chemin de fer de Saint-Etienne
à Givors, il y a, sous ce rapport, plus d'un
point qui demande d'être sérieusement étu-
dié.

Il est encore une autre raison qui fait, de la
grève actuelle et du chemin de fer de Saint-
Etienne, une question connexe.

Si la liberté du travail, consacrée par la loi
des coalitions, donne à l'ouvrier le droit de re-

fuser le concours de ses bras, lorsque les conditions qu'il pose ne sont pas acceptées des patrons, le principe même de cette liberté ne lui permet pas d'user de la force et de la violence pour empêcher ceux qui le jugent bon de travailler aux conditions qu'ils croient devoir accepter ; à plus forte raison serait-il illégal et injuste de vouloir que le contre-coup d'une grève s'étendît à toutes les industries plus ou moins en rapport avec celle qui est arrêtée par la grève. Par exemple, la grève des mineurs ne peut légalement et avec justice nécessiter l'arrêt des usines qui ont besoin de houille pour continuer leurs travaux. La loi ne l'entend pas ainsi et le principe de la liberté s'y oppose.

On comprend, jusqu'à un certain point, que dans le but de mettre un terme plus rapproché à la solution des questions pendantes entre eux et leurs patrons, les ouvriers mineurs se refusent à laisser travailler dans les mines pendant la grève ; c'est illégal ; et ces moyens violents, qui portent atteinte à la liberté du travail, sont de tout point blâmables, mais on ne saurait trouver ni raison ni excuse à l'injuste prétention de faire, de la grève volontaire d'un corps d'état, une grève forcée de cinq à six autres industries. Les ouvriers mineurs, pas plus que d'autres, n'ont certainement pas cette prétention, des émeutiers peuvent seuls l'avoir.

Or, pendant la grève des mineurs, il arrive cependant qu'une quantité d'usines sont à la veille de s'arrêter, faute de combustible pour leurs feux. Dans cet état de choses, nous demanderons à la Compagnie Paris-Lyon si elle est en mesure de faire face aux besoins de la situation? Est-elle à même de transporter, des différents centres ou dépôts houillers, la quantité énorme de charbons nécessaire aux innombrables et importantes usines de la Loire? Si l'on songe qu'il en est auxquelles plusieurs wagons par jour suffisent à peine, on ne s'étonnera pas que, sans plus long examen, nous répondions de façon la plus absolue que, dans un moment de grève comme celui où nous sommes, les moyens dont ladite Compagnie dispose ne sauraient lui permettre de faire face aux nécessités de la situation.

Au contraire, avec la ligne de Saint-Etienne à Givors se reliant par le Rhône au canal Saint-Louis et à la Méditerranée, il serait très-facile de transporter assez de houilles, soit anglaises, soit de toute autre provenance, pour faire face aux besoins industriels de notre département, pendant le temps de la grève.

Ce n'est là, sans doute, qu'une considération d'un intérêt moins direct; car nous voulons espérer que la solution du conflit actuel entre les

mineurs et leurs patrons rendront pour longtemps son retour impossible, mais qu'on n'oublie
pas que le meilleur moyen de conjurer un danger, c'est de le prévoir; malheureusement, la
prévoyance n'est guère dans les habitudes de
ceux qui font nos affaires soit de politique, soit
d'économie sociale; que ce qui se passe aujour-
d'hui leur serve au moins de leçon et d'expérience.

Avant les élections, on a voulu voir dans le
projet du chemin de fer dont nous parlons un
intérêt politique, une question électorale.

Aujourd'hui, bien des gens croient voir aussi
dans la grève des mineurs un côté politique, et
il nous est avis que si ce côté politique n'existe
pas dans le principe de la grève, il est au moins
dans ses conséquences.

Aujourd'hui plus que jamais, et à Saint-Etienne
plus qu'ailleurs, le gouvernement a besoin de se
populariser.

Nous avons nié tout caractère politique et
électoral dans le projet de ce chemin de fer. Eh
bien ! aujourd'hui nous serions heureux que le
gouvernement sût lui donner à propos ce caractère politique; nous serions heureux qu'en do-
tant le département de ce chemin de fer qui doit
faire fleurir nos industries nombreuses et diverses et apporter ainsi, dans nos classes ouvrières,

l'aisance et le bien-être, nous serions heureux, disons-nous, qu'il se rendît *populaire* en se rendant libéral, car si c'est au nom des intérêts généraux du département que nous demandons l'approbation du projet, c'est aussi en nous fondant sur les principes de liberté que nous espérons l'obtenir.

E. Le Nordez.

Saint-Etienne, imp. Benevent.